AUGUSTE CREISSELS

LES

Tendresses Viriles

SONNETS

PARIS

E. DENTU, LIBRAIRE-ÉDITEUR

Palais-Royal, 15-17-19, Galerie d'Orléans

—

1876

Auguste Creissels

LES

Tendresses Viriles

SONNETS

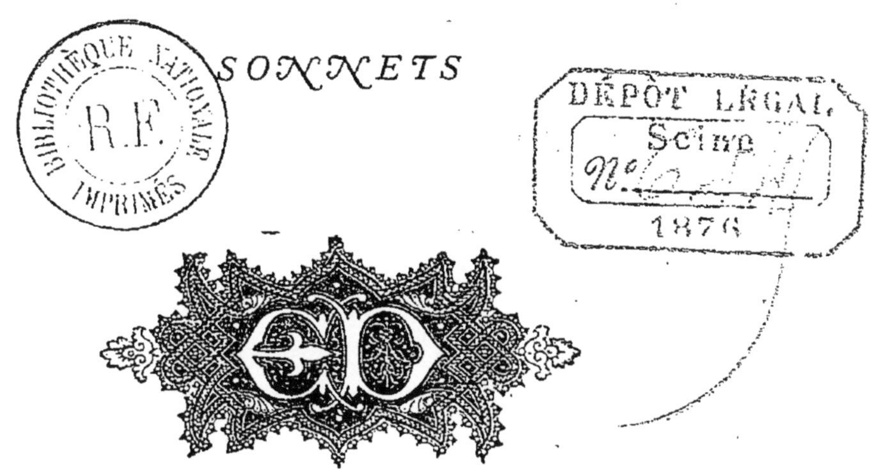

PARIS

E. DENTU, LIBRAIRE-ÉDITEUR

Palais-Royal, 15-17-19, Galerie d'Orléans

1876

LE SONNET

Mon esprit sérieux et fils de la Réforme
Aime, en vrai huguenot, le Sonnet dédaigné ;
Car son double quatrain, droit, sévère, aligné,
Accepte pour son bien la rigueur de la forme.

Soumis aux mêmes lois, le tercet uniforme
Reste grave et solide au poste désigné ;
On dirait des soldats d'Agrippa d'Aubigné
Maintenus au cordeau par Philibert Delorme.

Si des quatorze vers un seul quittait le rang,
L'esprit des francs-routiers, sur l'heure y pénétrant,
Ferait de ces héros des coureurs d'aventure ;

La force du Sonnet exige un mouvement,
Discipliné, conduit comme un vieux régiment,
Sur un plan rigoureux de haute architecture.

PREMIERE SÉRIE

La Cathédrale

Suivant l'heure et le temps, la sombre et haute église
Etonne par la masse ou plaît par le détail :
Pendant les soirs d'hiver, dans la brume indécise,
Elle se dresse au loin comme un épouvantail.

Mais vers le mois d'avril, quand une tiède brise
Souffle, on voit des ramiers voler en éventail,
Roucouler, balancer leur fine tête grise
Près des saints de granit rangés sur le portail.

Les cris de ces oiseaux, leurs doux battements d'ailes
N'offensent pas le ciel; ils disent aux fidèles :
« Aimez-vous, la jeunesse, hélas ! fuit sans retour,

» Et la main du seigneur aux bontés sans égales
» En le symbolisant écrit le mot : Amour!
» Sur le front triste et noir des vieilles cathédrales. »

Les Cerises

Le grand cerisier, dont les hautes branches
Sont rouges de fruits, est dans un verger
Sans grille et sans mur : vous pouvez juger
S'il est visité, surtout les dimanches.

Les filles du bourg, droites sur les hanches,
Tirent les rameaux sans les ménager,
La cerise tombe, et, pour la manger,
On se pousse, on rit à belles dents blanches.

Aussi les garçons les plus délurés
Rôdent à l'entour, galants et parés,
Pour conter fleurette aux fraîches gourmandes.

Le curé s'en plaint et, dans un sermon
Bourré de latin et de réprimandes,
Il confond l'amour, l'arbre et le démon.

Clair de Lune

Un clair de lune bleu tombe du ciel clément
Sur la plaine endormie, et sa lueur voilée
Fait un tapis d'argent du sable de l'allée
Où l'ombre des tilleuls s'allonge mollement.

Nul bruit sous les massifs, si ce n'est par moment,
Comme un soupir de harpe, une note isolée,
Puis plus rien, le silence et la nuit étoilée...
Quelle heure pour le calme et le recueillement !

Viens, toi qui ne sais rien des vices de la terre :
L'air est plein de parfums, de paix et de mystère,
On dirait que l'amour fit les beaux soirs d'été

Pour voiler à tes yeux la vérité brutale ;
Car le soleil avec sa pompe orientale,
Fait trop voir la laideur de la réalité.

Les Ruines

A ROSETTE

Où passaient jadis comme un tourbillon
Pages, écuyers, dames, capitaines,
Il reste, débris des splendeurs hautaines,
Une tour que drape un lierre en haillon.

On y voit, la nuit, un noir bataillon
De chauves-souris quitter par centaines
Les trous des vieux murs, quand sonnent, lointaines,
Les cloches du soir au gai carillon.

Ainsi, quand je songe aux morts qu'on oublie,
A mes *chers aimés*, la mélancolie
Assombrit mon front et voile mes yeux ;

Mais les noirs soucis, ces oiseaux funèbres,
S'envolent soudain, quand dans mes ténèbres
J'entends retentir ton rire joyeux.

La Haie

A MARIUS PROSPER

Fille du printemps, blonde, enguirlandée
De blancs aubépins, de roses lilas,
Elle balançait son gai falbalas,
Avec le désir d'être regardée.

Plus brillante encore après une ondée,
Son front portait haut, sans en être las,
Tous les diamants des jours de galas,
Sa tunique même en était bordée.

L'automne est venu, l'hiver n'est pas loin ;
Mais, comme elle est femme, elle a toujours soin
De chercher l'éclat joint à l'harmonie.

N'ayant plus son jeune et frais attirail,
Elle a su trouver pour sa peau brunie
Un rouge collier de grains de corail.

Paysage d'Hiver

A MADAME PAULE DE J.....

Sur les champs dépouillés pèse un ciel sans lumière,
Et dans les sillons noirs que la neige a comblés
Des troupes de corbeaux par la faim rassemblés
Font sonner dans l'air froid leur cri de cimetière

Il semble que jamais la saison printanière
Ne reviendra jeter aux prés renouvelés
Violettes, muguets, boutons d'or, emperlés
Par les larmes de l'aube entr'ouvrant sa paupière.

Ainsi, dans notre esprit quand passe la douleur,
Nous entendons la voix d'un oiseau de malheur,
Le doute nous étreint et tout se décolore ;

Mais, comme le printemps naît d'un rayon des cieux,
Nous sentons l'espérance et le plaisir éclore
D'un regard sympathique allumé dans vos yeux.

Sensitive

A MYRTEN

« Voici le mois de mai, vite ! ouvrez vos croisées ;
» Laissez monter vers vous, des bosquets rajeunis,
» Le parfum des lilas et la chanson des nids,
» Comme un apaisement à vos tristes pensées.

» Les arômes, les fleurs, les concerts, les rosées,
» Et les papillons blancs dans l'azur réunis,
» Vous donneront la soif des amours infinis
» Et l'oubli bienfaisant des trahisons passées. »

Ainsi je lui parlais, quand, d'un regard songeur,
Fixant à l'horizon tout baigné de rougeur
Un nuage, point noir dans ce ciel d'Italie,

Elle me dit : « Ami, voyez flotter là-bas
» Cette sombre vapeur ; c'est ma mélancolie :
» Un beau jour la colore et ne la chasse pas. »

Heure triste

Fuyons, ô ma douleur, le monde et sa folie
Viens ! le soir va baissant son grand voile argenté,
Et l'étoile brillante, œil de l'immensité,
Nous regarde et nous suit avec mélancolie.

Que la nuit est tranquille ! elle veut que j'oublie
Devant cet infini plein de sérénité
Les serments d'une femme au sourire emprunté,
Si coquette ! si vaine !... et pourtant si jolie !

Sur les songes menteurs qui longtemps m'ont bercé,
Fermons, si tu m'en crois, le livre du passé
Pour jamais ne l'ouvrir même pendant une heure.

La nature nous garde en ses calmes abris
Deux voix, échos touchants des cœurs endoloris
La brise qui gémit, et la source qui pleure.

La Beauté

En admirant vos traits nobles et gracieux,
J'ai parlé de beauté parfaite ; vous, madame,
Fixant sur moi votre œil de velours et de flamme,
M'avez dit gravement : « Laquelle aimez-vous mieux

« De la blonde suave aux cils longs et soyeux,
« Rappelant ici-bas l'ange autant que la femme,
« Ou de la brune ardente à qui l'on vend son âme,
« Pour trouver dans l'enfer la volupté des cieux ? »

Je réponds : « Nul artiste, en peignant la madone,
N'imprima sur un front que le nimbe couronne
La suprême beauté ; l'idéal n'est point là,

Mais chez la femme aussi terrestre que divine
Qui, voyant l'homme seul, triste, amer, le devine,
Va vers lui souriante, et lui dit : Me voilà ! »

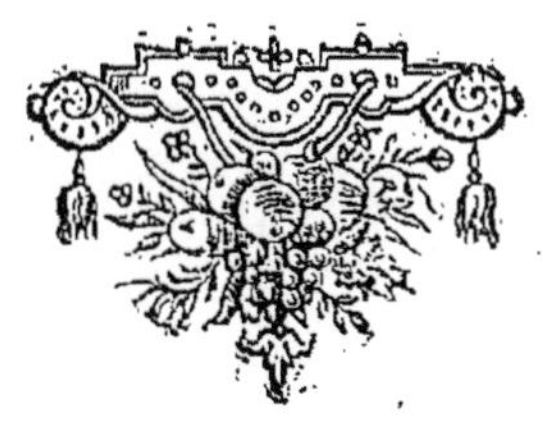

Le Ménétrier

A LÉON CLADEL

Sur un tonneau couvert de feuillage et de mousse,
Il se démène tant des jambes et des bras
Que son trône rustique, à ce gai branle-bas,
Comme un pont suspendu reçoit une secousse.

Le violon glapit, bêle, miaule et glousse ;
On dirait qu'on entend, dans leurs bruyants ébats,
Etables, poulaillers et nocturnes sabbats
Des matous courtisant chatte plaintive et douce.

Il est vrai qu'aujourd'hui l'esprit du vin nouveau
Du jovial compère a troublé le cerveau ;
Car, tandis qu'en riant les couples font la chaîne,

Il murmure d'un ton plein d'attendrissement :
« De ces beaux amoureux qui dansent follement,
» Plus d'un ne verra pas la vendange prochaine. »

Le Départ des Hirondelles

A ADRIEN DEZAMY

Le mur du vieux château se couvre d'hirondelles.
On les voit s'agiter avec de petits cris,
Avant de s'envoler loin de notre ciel gris,
Et de quitter nos toits avec leurs nids fidèles.

Elles savent combien de jours et de coups d'ailes
Il faudra dépenser pour trouver à ce prix
Un soleil réchauffant, des orangers fleuris,
Et des lacs de saphir et de blanches tourelles.

Demain, sans regretter les logis enfumés
Où pendant six grands mois nous vivons renfermés,
Les oiseaux voyageurs changeront de patrie.

La patrie est partout où les amours constants
Rajeunissent avec les roses du printemps,
Le culte du pays n'est qu'une idolâtrie.

La Forêt

Quand aux rayons de mai doux comme une caresse,
Reverdit la forêt, dans ses calmes abris,
Souvent, t'en souvient-il, la nuit nous a surpris
Muets, mais le cœur plein d'une immense tendresse.

Quel changement ! voici l'hiver — une pauvresse,
Marchant, le dos courbé, sous un ciel morne et gris,
Ramasse le bois sec et les rameaux flétris
Dans le creux des ravins où la bise les presse.

Ces restes des massifs dépouillés vont encor
Jeter au noir foyer mille étincelles d'or
Et sourire à la vieille un moment rajeunie.

Tels, quand l'âge s'abat sur notre cœur lassé,
Grâce aux chers souvenirs d'une époque bénie,
Nous réchauffons notre âme au soleil du passé.

Décembre

A THÉRÈSE - LA - BLONDE

Quand la bise d'hiver, comme un esprit frappeur,
Fait sonner le loquet de ta porte fermée,
Tu demandes des vers ? Hélas ! ma bien-aimée,
Triste est le jour : regarde à travers la vapeur,

Là-bas, dans le ravin plein d'un calme trompeur,
Le pauvre bûcheron courbé sous sa ramée;
Il tient, pour se guider, sa lanterne allumée,
Suivi d'un chien fidèle, insensible à la peur.

Tu le sais, ce n'est pas sur les buissons d'épines,
Mais sur les fleurs d'avril aux riches étamines
Que l'abeille compose un miel délicieux.

Comme elle, pour chanter parmi les fleurs écloses
Ta fraîcheur printanière et l'azur de tes yeux,
Il me faut le soleil et la saison des roses.

Elégie

De mes jeunes amours la gerbe s'est flétrie
Avant de me donner ses grains d'or ; et l'été,
Qui bientôt va finir, me voit tout attristé,
Pauvre oiseau voyageur traînant l'aile meurtrie.

J'ai revu le vallon qu'avec idolâtrie
J'aimais pour ses ruisseaux, pour sa tranquillité,
Pour une douce enfant qui d'hier l'a quitté,
Emportant mon bonheur, mon soleil, ma patrie.

Elle dort maintenant sous l'herbe ; un étranger
Habite la maison, prend les fruits du verger
Et demande mon nom pour m'ouvrir sa demeure.

Hélas ! que reste-t-il de tout ce que j'aimais ?
Le souvenir !... Eh bien, je désire qu'il meure
Puisque toute espérance est morte pour jamais

A une Femme de trente ans

L'hiver approche, Clémentine,
Le ciel est noir, le froid subtil;
Et sur ta vitre le grésil
Tinte, saute, cogne et s'obstine.

Mais l'amour encor te lutine
En songeant aux roses d'avril :
Fais bon feu pour que l'incivi
Garde sa verve libertine.

Tu sais bien que le polisson,
Réchauffé, traite sans façon
Grande dame, actrice ou grisette.

Faire la prude ? Non, vraiment ;
Il signalerait méchamment
La ride près de la fossette.

A une Jeune Mariée

La tristesse, madame, assombrit votre œil bleu
Comme un nuage noir trouble une onde immobile,
Les bijoux ciselés par un artiste habile,
Les étoffes de prix semblent vous plaire peu.

Naguère vous aviez un regard plein de feu,
Votre bouche riait, et votre goût fertile
Aux toilettes de bal savait donner un style
Qu'on ne retrouve plus, chacun en fait l'aveu.

Pourquoi cet abandon des arts et de la mode ?
Vous n'avez pas vingt ans, on pourrait faire une ode
En louant vos cheveux, vos lèvres et vos dents,

Et la lune de miel vous trouve morfondue !
D'où vient ?... mais vous pleurez, vos soupirs sont ardents,
Je comprends, pauvre femme, on vous aura vendue.

Idylle

Par un soir de juillet, au temps de la moisson,
Madeleine, une enfant blonde comme une abeille,
Glane l'épi tombé de l'immense corbeille,
Quand déjà le soleil s'efface à l'horizon.

La prudence lui dit : « Retourne à la maison ! »
Mais dans le bois voisin une autre voix s'éveille.
La fillette rougit, se trouble et tend l'oreille
A je ne sais quels mots d'une vague chanson.

Elle quitte les champs, gagne la forêt sombre ;
Et, la suivant de près, on voit glisser une ombre.
Serait-ce un amoureux ? Voilà tout le secret.

A l'aube, un bûcheron trouve sur la bruyère
La flûte d'un berger près d'une jarretière...
Madeleine soupire, et le bois est discret.

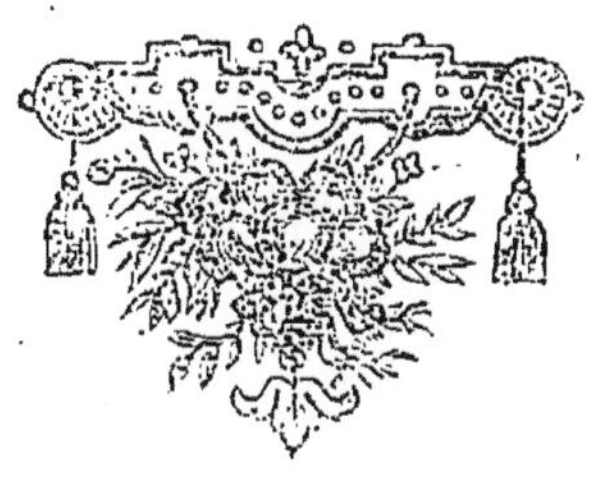

Le Cordier

Derrière les murs d'un cloître détruit,
D'une vieille église ou d'une masure,
Sur l'étroit sentier que son pas mesure,
Il marche en sifflant dès que le jour luit.

Reculant toujours, et, d'une main sûre
Tordant et mouillant le chanvre qui suit,
Il n'entend jamais que le faible bruit
Des petits cailloux mordant sa chaussure.

Pourtant, un matin, Jeanne qui passait
Avec un bouquet des champs au corset,
Lui dit en riant : « Pour qui cette corde ? »

« Pour mon cou, » reprit sur le même ton
Le garçon joyeux, « si ton père accorde
Au riche meunier ta main, Jeanneton ! »

Une Halte

A l'auberge du Cygne noir,
Propre, luisante, hospitalière,
Je m'arrêtai ; j'étais ce soir
En sueur et blanc de poussière

« Voyageur, voici de la bière »
« Et du vin frais ! » Il fallait voir
La joue en fleur de l'hôtelière
Tout près de moi venant s'asseoir.

Lors, me versant une rasade,
La belle me dit : « Camarade,
Trinquons ensemble à vos amours ! »

Refuser eût été sévère :
Je tendis en riant mon verre...
Ma halte dura quinze jours.

La Rime

Ode, poème ou chansonnette,
Dans leurs mouvements si divers,
Font tinter à la fin du vers
La rime ainsi qu'une sonnette.

Un esprit pauvre, mais honnête,
Me soutient que c'est un travers,
Soit qu'on célèbre les prés verts,
Le ciel bleu, l'œil noir de Jeannette.

Mignonne, pour qui j'ai chanté,
Si dans les bois un jour d'été
Tu t'en vas courir d'aventure,

Dis à l'écho ton doux secret;
Tu sauras, par cet indiscret,
Que la rime est dans la nature.

DEUXIEME SÉRIE

Le Verre d'un Parpaillot

Mon verre est mince et tremble au vent.
Du diable voyez la malice !
Il a la forme d'un calice,
Et fut pillé dans un couvent.

De le vider sec et souvent
Les moines faisaient leur délice,
Riant sous cape du cilice,
Et de Vigile et de l'Avent.

Cette coupe où la foi se grise
Ramène au giron de l'église
Mahométan, juif, anglican ;

Tel, jadis, Fanfan la Tulipe,
Vieux pécheur, alluma sa pipe
A l'encensoir du Vatican.

Une Méprise

Malgré les murs épais et les grilles de fer,
Entré dans un couvent plein de blanches nonnettes,
Le petit Cupidon paraît, nu comme un ver ;
Pour un ange il est pris, ce diseur de sornettes.

Tout d'abord, il séduit par ses discours honnêtes ;
Mais bientôt, s'oubliant, il dit : « Craignez l'enfer,
« Mes sœurs ; c'est un lieu plein de vieilles à lunettes ;
« Moi je donne le ciel sans *Ave* ni *Pater*. »

Vous jugez de l'effet ? Hélas ! les pauvres vierges
Appellent au secours ; on allume des cierges,
On jette l'eau bénite au nez du polisson ;

Vains efforts ! le malin rit de cette méprise.
La mère abbesse accourt, jaune, à moustache grise...
Ne cherchez plus l'amour dans la sainte maison.

Sur un Journaliste dévot

Etre dévot et laid, la chose n'est pas rare.
Dieu sans doute a raison, quand il crée un élu,
De refuser au corps, comme un bien superflu,
La beauté dont pour l'âme il ne fut point avare.

Parmi les paladins luttant pour la tiare,
Il en est un fameux, le ciel ayant voulu
Le marquer, par faveur, du sceau de l'absolu.
Cet homme a la laideur injuste : il accapare.

Ne cherchez pas ailleurs le secret de sa foi :
La chair a son orgueil, et soumet à sa loi
Jusqu'aux plus purs esprits de la sainte phalange.

Un seul espoir soutient ce grêlé batailleur ;
Assuré d'être beau dans un monde meilleur,
Il se croit ici-bas le têtard d'un archange.

Au Feu!

A FRANCISQUE-SARCEY

Qu'il paraisse, fière et hardie,
Une œuvre luttant vaillamment
Contre le triste hébêtement
Où vit l'âme humaine engourdie,

Loin d'être par tous applaudie,
Tartufe, de rage écumant,
Signale son rayonnement
Comme une lueur d'incendie.

Au feu! hurle cet homme noir,
En brandissant son éteignoir
Avec des gestes pleins de haine.

Alors, pour vaincre le fléau,
Les bénitiers fournissent l'eau,
Les imbéciles font la chaîne.

Le Casque

Oublié dans la tour après de fiers combats
Où régnaient à la fois valeur et courtoisie,
Le beau casque, joyau d'art et de poésie,
Traîne honteusement au milieu des grabats.

Jadis, pour le porter, de généreux débats
Avaient lieu ; mais hier, étrange fantaisie,
Des chats, trouvant cette arme à leur gré, l'ont choisie,
Pour s'y coucher après leurs nocturnes sabbats.

Je songe, en les voyant, aux moines d'Italie,
Paresseux et lascifs, souillant Rome avilie
Où, deux mille ans avant, César victorieux

Rentrait le front couvert des lauriers de Pharsale ;
Car le casque, pareil à l'ombre colossale,
Couvre des fainéants et des luxurieux.

L'Homme Noir

Plus jaune qu'un vieux parchemin,
Nez recourbé, lèvre pincée,
Il a du jésuite romain
L'air, le costume et la pensée.

Sa marche lente et cadencée
Compte les cailloux du chemin.
S'il lit, le livre dans sa main
Cache sa paupière baissée.

Le ciel étant rouge ce soir,
« Beau brasier ! » a dit l'homme noir ;
Car l'implacable fanatique,

Ne comprenant qu'un Dieu méchant,
Voit le bûcher d'un hérétique
Dans la fournaise du couchant

A Alfred de Musset

Avais-tu bien raison d'apostropher Voltaire
Au sujet de Rolla, ce pâle débauché
Qui froidement se tue après avoir touché
Le fond sale et boueux des plaisirs de la terre ?

Dans l'œuvre d'Arouet j'ai vainement cherché
L'incrédule poussant à la mort volontaire,
Et j'ai vu qu'en luttant contre l'esprit sectaire,
Sous le démolisseur l'apôtre était caché.

Quand tu viens nous parler de son hideux sourire,
J'ai le droit de répondre au poète et de dire :
Jamais rire plus beau ne m'a fait tressaillir.

Voltaire, en secouant l'arbre de la croyance,
En fit tomber un fruit, la libre conscience,
Que le dogme féroce empêchait de cueillir.

Vagabondage

Humilié, courbé sous l'interrogatoire,
Le pauvre vieux soldat n'a pas l'air d'un vainqueur.
« Mon président, dit-il, sans plainte ni rancœur,
« Je suis sans feu ni lieu, le délit est notoire. »

Pour la forme on lui fait raconter son histoire.
Hélas ! le tribunal la sait presque par cœur ;
L'huissier sourit d'un air niaisement moqueur
Et le greffier se mire au fond de l'écritoire.

Les juges, se levant, délibèrent entre eux.
Bientôt le président dit à ce malheureux :
« Aujourd'hui, vous jugeant comme récidiviste,

« Vu que vous n'avez rien, ni terre ni maison,
« Qu'aucun de vos parents enfin ne vous assiste,
« Le code vous condamne à six mois de prison. »

Amour et Consigne

Le gendarme, sévère et ferme en son devoir,
Le remplit dignement comme tout cœur honnête ;
Et, quoique un peu naïf, ce brave n'est pas bête ;
De plus, il est sensible ainsi qu'on va le voir :

Deux amants, séparés par un cruel pouvoir,
Avaient un pigeon blanc qui, sous l'aile discrète,
Portait leurs billets doux, malgré pluie et tempête,
Et volait vers des bras prêts à le recevoir.

Or, un jour, sur la route où le vent faisait rage,
Pandore marchait seul ; l'oiseau, pris par l'orage,
Tout mouillé, tout meurtri, vint tomber à ses pieds ;

L'empoigner fut un jeu pour cet agent modèle ;
Mais il lâcha bientôt le messager fidèle,
En lui disant : « C'est bien ! vous avez vos papiers ! »

Au vieux Loup du Larzac

Ta sauvage grandeur m'intéresse et me touche,
Car, loin de pactiser avec tes ennemis,
Tu vis dans la forêt où tes aïeux t'ont mis,
Et n'en sors qu'au moment où le soleil se couche.

On ne parle de toi que l'injure à la bouche ;
C'est que l'homme, chargé de honteux compromis,
Ne te pardonne pas de vivre en insoumis,
Et médite la mort du révolté farouche.

Méprise avec raison tous les porte-colliers
Chiens, valets, courtisans ; cache dans les halliers
Ta tête mise à prix ; et, dans la nuit profonde,

Quand le troupeau s'endort avec sécurité,
Pousse tes hurlements, fier d'être détesté
Comme tout réfractaire aux lâchetés du monde.

Une Épitaphe

Comme de ma maison j'allais franchir le seuil,
« Un tel vient de mourir » me cria la portière,
« Il laisse un million, sa femme est héritière :
« Trente ans, elle a souffert, léger sera le deuil ! »

C'était vrai ; le défunt fut mis dans le cercueil,
Et sans pleurs ni regrets conduit au cimetière ;
Car, avare et brutal pendant sa vie entière,
A tous les malheureux il fit mauvais accueil.

Pourtant son épitaphe atteste le contraire :
« Il fut fidèle ami, tendre époux et bon père ;
« De plus, il est parti muni des sacrements. »

Le marbre est somptueux. Pourtant, j'ose l'écrire,
Dans le cyprès qui croît sur ces vils ossements,
La chanson des oiseaux semble un éclat de rire.

L'Ane

S'il est grave et bourru, son triste sort l'explique :
Quel que soit le pays, le jour et la saison,
Au soleil, à la pluie, au vent, mélancolique,
Par les plus durs sentiers chemine le grison.

Cependant, en dehors de son rôle biblique,
N'a-t-il pas un moderne et glorieux blason ?
La Fontaine lui fit porter mainte relique,
Grécourt, en belle humeur, lui fit porter Suzon.

S'il ne s'insurge pas contre sa destinée,
C'est qu'il aura logé dans sa tête bornée
Qu'on gagne rarement à changer de milieu,

Que les coups vont toujours à la bête de somme.
« Le maître est dans son droit, s'est-il dit, puisqu'en somme
« Ce bourreau sur la terre est l'image de Dieu. »

Le 21 Décembre

Pendant trois jours la neige est tombée ; un amas
De livides flocons couvre la forêt sourde.
Le vent siffle ; et, là-bas, courbé sous sa falourde,
Un pauvre homme chemine, insensible aux frimas.

Parmi les sapins blancs et droits comme des mâts,
Il porte, quoique vieux, une charge très-lourde ;
Mais près du feu, ce soir, il videra sa gourde,
Pour fêter dignement son patron Saint-Thomas.

Vous plaignez sa misère ? Elle est grande sans doute ;
Mais savez-vous pourquoi, sur la pénible route
Où le sort l'a jeté, son cœur n'a pas de fiel ?

Il est simple et croyant ; la nuit, près de sa couche,
La prière, en latin, s'échappe de sa bouche,
Devant un crucifix qui lui promet le ciel.

La Noce de Toinon

A CHARLES MONSELET

La grande broche tourne, et jamais le foyer,
Qui flamba tant de fois pour d'énormes ripailles,
Ne vit couler le jus de plus grasses volailles
Dans le gai cabaret où l'on va festoyer.

On dansera ce soir autour du vieux noyer,
Et le vin à pleins brocs sortira des futailles ;
Il est bien entendu qu'en ce jour d'épousailles
Tout le monde est admis à boire sans payer.

L'hôtelier jovial ne veut pas qu'on lésine ;
Il va, vient, surveillant la cave et la cuisine
En l'honneur de Toinon. Si tous les amoureux

De ce beau brin de fille ont leur part de frairie,
Maire, adjoint, brigadier de la gendarmerie,
(J'en passe et des meilleurs) ne souperont chez eux.

Le Déboisement

La retraite, longtemps d'ombre douce baignée,
Eut des fleurs, des parfums, des grottes, des ruisseaux,
Perdus sous les massifs arrondis en arceaux
Sans culture bourgeoise et sans route alignée.

L'homme avide d'argent ne l'a pas épargnée;
Troncs, branches et rameaux sont couchés par monceaux,
Car ils ont essuyé les terribles assauts
Du bûcheron sauvage armé de la cognée.

Tel riche n'est-il pas semblable à la forêt
Dont les riants aspects, tués par l'intérêt,
Ne représentent plus qu'un chiffre monétaire ?

Dans les cœurs où l'amour de l'or a tout tranché
Ne cherchez plus le beau : sur ce sol défriché
L'arbre de poésie est coupé ras de terre.

Le Singe

Ce n'était autrefois qu'un histrion de foire,
Souffreteux, grelottant, maltraité sans motif,
Tendant sa patte noire avec un cri plaintif,
Pour recevoir des sous que son maître allait boire.

Mais aujourd'hui son rôle appartient à l'histoire
Des bêtes en faveur ; car ce singe chétif,
Arrivant aux honneurs, est le diminutif
D'un prince parvenu sans mérite et sans gloire.

Tous les solliciteurs se découvrent bien bas
Devant le grimacier, et ne lui parlent pas
Du temps où son travail charmait les populaces ;

Son Altesse, d'ailleurs, pourrait s'en offenser.
Flatter le singe est tout ; chacun doit y penser,
S'il veut avoir des croix, des titres et des places.

Un Talleyrand

Vous dites en voyant passer ce personnage
Chamarré, glorieux, chargé de dignités :
« Quel homme heureux et fort ! Ses rares qualités
« Lui valent à la cour le plus haut apanage. »

« Sur les noms oubliés, le sien monte et surnage : »
« Se faisant pardonner divers serments prêtés,
« Toujours trahis, il voit ses ennemis domptés,
« Et tout nouveau pouvoir le craint ou le ménage. »

Vous l'admirez à tort ; car sans âme et sans cœur,
Mais sachant éblouir par un esprit moqueur,
Fruit acide et malsain de son indifférence,

Il confond avec art le mal avec le bien,
Et vieillit sans amour, sans foi, sans espérance :
Plaignez ce malheureux qui ne croit plus à rien.

La Vieillesse

« Respect aux cheveux blancs », répète gravement
L'imbécile troupeau que la routine mène.
Ce précepte, inventé par la sottise humaine,
Est un acte de foi qu'on suit aveuglément.

Quoi ! cet homme jadis a trahi son serment,
Insulté les vaincus, agrandi son domaine
Par l'intrigue et le vol ; maintenant qu'il promène
Un luxe mal acquis, vous l'honorez, vraiment !

Qu'il ait quatre-vingts ans, même un siècle, qu'importe !
A ce vieillard taré l'honneur ferme sa porte,
Comme on chasse un larron d'un temple respecté.

L'âge n'a rien à voir dans une vie immonde ;
Détournez donc vos yeux du cynique entêté
Qui, ne sachant mourir, se cramponne à ce monde.

Le Condamné à Mort

A SULLY CHALIÈS

Blême, les yeux hagards sous la peur qui le glace,
Le criminel entend sonner sur le carreau
De l'étroit corridor les pas lourds du bourreau
Qui doit, de la prison, le traîner sur la place.

Soudain, comme en un rêve, il voit la populace,
Les soldats, l'échafaud, puis l'affreux tombereau
Prenant un corps sanglant, comme on prend le taureau
Foudroyé dans le cirque où Madrid se délasse.

Bientôt, à l'aumônier qu'il n'ose repousser,
Le misérable dit : « Je vais me confesser,
« Puisqu'une juste loi veut que ma tête tombe ;

« Je n'espère pas voir le royaume des saints ;
« Mais ne m'envoyez pas où vont les assassins
« Qu'on enterre avec chants et discours sur la tombe. »

Le Charlatan

Les badauds qui, de loin, l'ont vu se prélasser
Dans un habit doré du col jusqu'à la basque,
Avec le sabre au poing et sur la tête un casque,
Autour de sa voiture ont couru se placer.

Un geste de sa main à bagues fait cesser
Le bruit de la fanfare héroïque et fantasque ;
Alors, pour mieux tromper, ce gredin prend le masque
D'un bienfaiteur que l'or ne peut intéresser.

Mais tandis qu'il pérore et vante son remède,
En jetant sa médaille aux gens par intermède,
Je me dis : « Charlatan, ton règne va finir.

« Tes pareils ont vidé sans vergogne nos poches,
« Nous nous en souvenons ; aussi les temps sont proches
« Où l'on doit te huer et non plus te bénir. »

TROISIÈME SÉRIE

Aux Poëtes larmoyants

Poëtes vaporeux, hommes sans énergie
Qui, le luth à la main et des pleurs dans les yeux,
De vos vagues soucis importunez les cieux,
Cessez de nous chanter votre molle élégie.

Quels que soient de vos vers le charme et la magie,
Votre plainte a fini par vous rendre ennuyeux.
Dans ce règne abaissé, n'avez-vous trouvé mieux
Que de tendres soupirs en face de l'orgie ?

Il est temps de sortir d'un sommeil énervant.
Marchez bannière ouverte et trompettes au vent,
Et laissez aux ténors les lacs et les gondoles.

Le vent souffle ; et là-bas s'avance, courroucé,
Le flot républicain submergeant le passé,
Sol couvert d'ossements et d'horribles idoles.

Conciliabule

A LOUIS RÉMOND

Les tyrans se sont dit, dans leur mépris superbe :
« Nous sommes peu nombreux contre des millions
« D'affamés, d'insurgés prêts aux rébellions,
« Depuis le gueux vieilli jusqu'au jeune homme imberbe.

« Unissons-nous contre eux. La force est une gerbe :
« C'en est fait de nous tous si nous la délions ;
« Car nous verrons soudain transformés en lions
« Ces stupides troupeaux créés pour brouter l'herbe. »

Moi je dis à mon tour au peuple, seul vrai roi :
« Parle, ou plutôt rugis ! Tu les verras d'effroi
« Trébucher au milieu des carcans et des chaînes ;

« Et leurs trônes, de sang humain mal essuyés,
« A ton souffle géant s'en iront balayés,
« Comme par l'ouragan la dépouille des chênes. »

Pendant la Guerre

RÉPONSE A UN POETE

Je ne mérite pas ton baptême de gloire,
Poète généreux, qui, dans des vers d'airain,
M'offres un beau laurier ; seul, un front souverain
Accepte un tel honneur sans offenser l'histoire.

Si mes chants sont virils c'est que dans ma mémoire
Vit toujours un pays, dont l'âpre et dur terrain,
Plein de soufre et de fer, me servit de parrain,
Et dans l'eau des torrents, enfant, m'apprit à boire.

Un jour, je chanterai la paix et le repos ;
Mais quand un vent de mort passe sur nos drapeaux
Et que des noirs canons il sort un râle sombre,

Laisse-moi ma colère et mes cris de combat ;
Mon cœur parle tout haut comme un tambour qui bat
Devant nos régiments écrasés par le nombre.

Le Gibet

A AUGUSTE VACQUERIE

Deux corps, indignes du tombeau,
Pendent, balancés dans le vide,
A la clarté d'un ciel livide
Ayant la lune pour flambeau.

Sous l'ongle et le bec du corbeau,
Noir fossoyeur de chair avide,
Le nœud des boyaux se dévide
Arraché lambeau par lambeau.

Je te hais, horrible potence,
Car la force rend la sentence,
Et trouve juste ton mandat,

Même quand l'arrêt homicide,
Au gibet, près d'un parricide,
Met John Brown, l'apôtre soldat.

La Barricade de l'Émeute

La barricade est là, brusquement apparue
Au passant matinal : Quelques tas de pavés
Silencieusement, dans la nuit, soulevés,
Ont formé ce rempart qui coupe en deux la rue.

L'ignorance et le vice ont fourni la recrue
Des combattants obscurs par l'émeute levés :
Ouvriers des faubourgs, gamins, gueux dépravés
Font face, l'arme au poing, à la troupe accourue.

« Ni pitié, ni pardon, œil pour œil, dent pour dent! »
Hurle des deux côtés le fanatisme ardent;
Au feu des insurgés la mitraille riposte.

Ce soir, la force aura vaincu ; le sang humain
Va rougir les ruisseaux qu'on lavera demain,
L'ordre est encore sauvé : Fossoyeur, à ton poste.

La Barricade des Siècles

Effroi de l'ignorance et du crime au pouvoir,
Le rempart lumineux tient une haute place ;
Depuis les temps anciens, tyrans et populace
L'attaquent avec rage ; on le nomme : Devoir.

Sur son faîte sublime on peut apercevoir
Les penseurs militants qu'aucune erreur n'enlace ;
Quand l'un meurt à son poste, un autre le remplace ;
Car le danger n'a rien qui les puisse émouvoir.

L'assaut dure toujours ; des combattants sans nombre,
Protégés par la nuit, font des sapes dans l'ombre ;
Mais le groupe intrépide et toujours en éveil

Fait briller son flambeau sur la troupe en démence,
Qui, devant la clarté, recule... et recommence
La lutte impie après le coucher du soleil.

Le Théâtre sous l'Empire

Voilez vos fronts, ô muses blanches
Divines prêtresses de l'art.
Corneille, Molière, Regnard
N'ont plus d'allures assez franches.

Il faut aujourd'hui sur les planches,
Que décore un luxe bâtard,
Chants obscènes et grand écart
De filles aux robustes hanches.

Entendez ce triple rappel,
Honneur qu'eut à peine Rachel
Dans Phèdre, Pauline ou Roxane !

C'est logique : Un peuple énervé
Qui produit le petit crevé
Doit se coiffer du bonnet d'âne.

Les Lions

A ÉTIENNE CARJAT

Le dompteur vient d'entrer dans la ménagerie,
Seul, parmi les lions réveillés brusquement.
Son fouet tombe sur eux avec un sifflement,
Au risque d'exciter leur sauvage furie.

Mais, comble du dégoût ! après ce châtiment
Brutal, immérité, l'homme les injurie,
Et ces vils rejetons d'une race appauvrie
N'opposent à ses coups qu'un sourd rugissement.

Tout est donc avili, jusqu'aux porte-crinières !
Elles n'oseraient plus, ces bêtes prisonnières,
Affronter le courroux de leur aïeux grondants,

Qui, honteux du métier de leur progéniture,
Demanderaient pourquoi l'imbécile nature
A fait pour ces bâtards des griffes et des dents.

Le Porte-Voix de Dieu

Le poète, monté sur une tour perdue
Au-dessus des cités, des plaines et des monts,
Veille, soldat de Dieu. Tandis que nous dormons,
Il faut que son œil plonge en l'immense étendue.

Si haut qu'il soit placé, sa voix est entendue ;
Aussi les meurtriers, les monstres, les démons
Craignent le cri poussé par ses vastes poumons,
Car du ciel cette voix semble être descendue.

Pourtant les bons bourgeois réveillés dans la nuit
Se demandent pourquoi cet inutile bruit,
Quand l'ordre est si complet et la paix si profonde.

Le veilleur est maudit par qui reste en son coin.
Qu'importe ? Il gardera jusqu'à la fin du monde
Le sommet le plus haut pour y voir de plus loin.

Les Fous

Quand je les visitai, les fous prenaient leur douche ;
Je restai sur le seuil de la porte, et j'eus peur ;
Car je vis, à travers un brouillard de vapeur,
Des spectres, l'œil hagard et l'écume à la bouche.

Quelques-uns essayaient un cri rauque et farouche,
Puis sous le jet glacé songeaient avec stupeur.
L'un deux, le dos courbé, tournait d'un air trompeur
Comme fait dans sa cage un tigre qui se couche.

Le robuste gardien me dit : « Méfiez-vous,
« Surtout de celui-là, qui paraît le plus doux,
« Avec son pas timide et sa petite taille.

« Sous un masque distrait déguisant sa fureur,
« Il rêve guet-apens, trahison et bataille :
« C'est le fou dangereux qui se croit empereur. »

Les Châtiments

Quand, fidèle à son grand et noble ministère,
Le poète, grondant comme un flot irrité,
Du haut de son rocher où l'exil l'a porté
Jette un livre, vengeur de la morale austère,

Des vaincus insultés l'âme s'y désaltère ;
Mais le troupeau qui tremble aux mots de liberté,
De droit et de progrès, vers cet homme indompté
Tournant des yeux hagards, l'appelle : Pamphlétaire !

Et soutient qu'étrangère aux partis irritants,
La muse doit chanter l'amour et le printemps
Au lieu de s'essouffler au clairon des prophètes.

A ce sophisme étroit, notre bouche dit : Non !
Car nous avons toujours dédaigné les poètes
Qui ne savent chanter que Ninette ou Ninon.

Les Deux Muses

Couronne-toi de lys, muse aux pâles couleurs,
Qui, parce que le sort des combats fut injuste,
Marches le corps penché comme un fragile arbuste
Sous les longs voiles noirs de l'élégie en pleurs.

La muse que j'invoque après tous nos malheurs,
A l'œil fier, le teint brun et la taille robuste,
D'une armure de fer emprisonne son buste,
Et porte sur son front un casque et non des fleurs.

Qu'elle vienne, guerrière au cœur sans défaillance,
Nous jeter un appel d'honneur et de vaillance
A faire tressaillir les os des trépassés,

Et ma main, dans un bloc sonore et métallique,
Taillera, pour servir la jeune République,
Un groupe vigoureux de sonnets cuirassés.

La Boucherie

Venus de l'abattoir où les tua, la veille,
Le couteau d'un boucher au bras fort et brutal,
Les moutons éventrés sont rangés sur l'étal
Et sous de verts lauriers montrent leur chair vermeille.

A ce tableau sanglant un souvenir s'éveille;
C'est le champ de bataille et le lit d'hôpital,
Quand l'horrible ouragan de flamme et de métal
Sur le bétail humain a déjà fait merveille.

La gloire des combats et l'honneur du drapeau
Exigent, dira-t-on, le meurtre du troupeau.
Puisqu'il en est ainsi, barbares que nous sommes,

Allons plus loin ; nous battre et nous entr'égorger
Pour jeter des mourants sur des cadavres d'hommes,
Cela ne suffit pas , il faudrait les manger.

Le Vautour

Sur la cime d'un noir rocher
Où, le soir, il fait sentinelle,
Le vautour, repliant son aile,
Au soleil s'est allé percher.

Et là, fier de se détacher
Sur cette clarté solennelle,
Il reflète dans sa prunelle
L'astre d'or prêt à se coucher.

Il croit que si le ciel en fête
De rayons couronne sa tête
C'est que, dans le combat dernier,

Au son du fifre et des cymbales,
Des hommes tombaient sous les balles,
Et qu'il fut le roi du charnier.

Les Combattants de l'Jdée

A ALFRED BOUGEARD

J'ai vu de grands lutteurs, de vaillantes natures
Qui, dans le cirque humain, en héros ingénus,
Affrontaient sans pâlir tous les monstres connus :
Les préjugés hurlants, gardiens des dictatures.

Appelant le danger, défiant les tortures,
Riant devant la mort, plusieurs sont revenus
Meurtris, vieux, déchirés, mais encor soutenus
Par la foi qui promet les victoires futures.

Même au bord de la fosse où l'ombre de l'oubli
Couvre l'athlète obscur par la lutte ennobli,
Des appels au combat jaillissaient de leur bouche ;

Et cette voix allait réveiller brusquement
Le tyran effrayé se dressant sur sa couche
Comme un tigre surpris par un rugissement.

Le Grognard de Bronze

Sur les noirs créneaux du château géant,
Un canon rouillé, menaçant encore,
Gémit sourdement quand le vent sonore
Entre dans sa gueule au grand trou béant.

Des combats passés montrant le néant,
L'invalide est là ; l'oubli le dévore ;
La diane même éveillant l'aurore
Laisse en paix dormir ce vieux fainéant.

Fut-il un héros ? on ne le sait guère.
Les bruits du clairon, les chansons de guerre
Montent jusqu'à lui, mais le laissent froid.

Pourtant il devrait tonner dans l'espace,
Depuis qu'un vainqueur féroce et rapace
Soutient que la force est plus que le droit.

Hommage à la Matière

S'il m'arrivait un fils tel que je l'ai rêvé,
Certe, il ne serait pas un penseur, un poète
Sacrifiant sa force au profit de sa tête,
En un mot, un esprit dans un corps énervé.

Solide sur ses reins, marchant le front levé,
Le défi dans les yeux, qu'importe qu'il fût bête,
S'il pouvait à son gré terrasser un athlète
Et de tous ses rivaux balayer le pavé ?

Les femmes, à le voir, soumises et charmées,
Ramperaient à ses pieds, ainsi que des almées
Sur un signe obéi d'un Crésus généreux ;

Il les féconderait, et la France changée
Retrouverait, le jour d'une guerre engagée,
De robustes soldats et non des songe-creux.

Comparaison 1792-1870

A CHARLES DE SERRES

Contre ceux qui voulaient la dîme et la corvée
La République avait pour mot de ralliement :
« Vaincre ou mourir! » Ce cri superbe et véhément
Electrisant les cœurs, la France fut sauvée.

La patrie aujourd'hui, par l'Empire énervée,
N'a plus cette colère et cet emportement,
Et, sans force devant le colosse allemand,
Elle retombe à terre aussitôt que levée.

C'est que pendant vingt ans l'égoïsme a régné.
Aussi l'homme d'argent, tranquille et résigné,
Puisque son coffre-fort est sauvé du naufrage,

Songe à son lit moelleux, à ses larges repas,
Estimant que vertu, foi, dignité, courage,
Sont le luxe des gens qui ne possèdent pas.

Les Bœufs

A GUSTAVE MATHIEU

Sous le joug accouplés, l'œil morne, le front bas,
Ils suivaient sur la glace une étroite chaussée,
Tandis que de sa main brutale et courroucée
Le maître les frappait pour le moindre faux pas.

Hommes, chair à canon, et bœufs, chair à repas,
Vous accusez le sort, bétail, foule insensée,
Quand le bœuf a la corne et l'homme la pensée ?
Qui ne conquiert ses droits ne les mérite pas.

Sachez-le bien ; vos maux sont les fruits de vos fautes
Levez la face au ciel, tenez vos armes hautes,
Et, sans peur des tyrans, regardez l'horizon :

Mais tremblants, résignés, vaincus par lassitude,
Quand Dieu, dit : « Liberté ! » vous dites : « Servitude ! »
Soyez flétris : Césars et bouchers ont raison.

6.

Fierté

« Silence, ma fierté, tu deviens trop hardie ;
« Mon intérêt s'oppose à tes graves accents.
« Je dois, si je t'en crois, vivre loin des puissants,
« Rester pauvre et debout quand la foule mendie.

« Non, non, un tel conseil est une perfidie.
« Pour te plaire, j'ai fui valets et et courtisans.
« Quelle dupe j'étais ! Aujourd'hui, je ressens
« Le poids de tes liens et je te répudie. »

Je lui parlais ainsi, quand soudain, l'œil en feu,
Elle me répondit : « Consenti devant Dieu,
« Notre hymen doit durer autant que notre vie ;

« M'oublier, tu ne peux ; me garder, il le faut !
« Si de nous séparer le crime avait envie
« Nous irions, malgré lui, sur le même échafaud. »

QUATRIEME SÉRIE

Au Lecteur

Aimes-tu les sonnets, lecteur ?
Ou bien, abruti par la prose,
Les vers te rendent-ils morose
Au point d'en vouloir à l'auteur ?

Si tu n'en es pas amateur —
Même pris à petite dose —
Garde ton argent, car je n'ose
T'envoyer chez mon éditeur.

Au lieu de cette œuvre rimée
Où la Muse, ma bien aimée,
Voile au profane ses appas,

Achète un bijou pour ta femme ;
Et, si peu que l'amour t'enflamme,
Tu ne t'en repentiras pas.

Ma Vigne

Au penchant d'un coteau riant, ensoleillé,
Je possède un arpent de terrain : c'est ma vigne.
Elle produit un vin qu'un gourmet trouve indigne
D'être bu lentement dans un verre taillé.

Nul mélange menteur ne l'a jamais souillé.
Apre, mais clair et franc, il n'a pas — quel bon signe ! —
Des grands crus frelatés l'influence maligne,
Car il tient le cœur chaud et l'esprit éveillé.

J'en fais boire à ma muse; et sa lèvre rougie,
Dégoûtée à jamais de la fade élégie,
Jette au vent la chanson et le rire éclatant;

Tout cafard lui déplaît et tout pédant l'ennuie;
Que le ciel soit vermeil, gris ou rayé de pluie,
Elle veut que mes vers marchent tambour battant.

A la Campagne

Les pelouses font leurs toilettes
Là-bas dans les bois verdissants,
L'air est plein du subtil encens
Des muguets et des violettes.

Assez de bruit, de bals, de fêtes,
L'hiver ont fatigué mes sens.
Aussi, quel bonheur je ressens
En voyant les champs et les bêtes !

Pour quatre mois, adieu Paris !
L'odeur de la poudre de riz
Me poursuit encor ; mais sous l'arbre,

Frêne, tilleul ou peuplier,
Je veux, près de Jeanne, oublier
Le boudoir des filles de marbre.

L'Ecureuil

Favori des bois verts, fils aimé de la branche,
Alerte bateleur et fringant damoiseau,
L'écureuil au dos roux, à la poitrine blanche,
Parent de la souris, est voisin de l'oiseau.

D'un double nid caché sous le rameau qui penche,
Il sort tantôt un bec et tantôt un museau ;
Mais ce museau si fin, affilé comme une anche,
A six poils de moustaches et des dents en ciseau.

Fantoche des forêts, si tes bonds sont rapides,
Si sur le haut des pins, mouvantes pyramides,
Ton corps couleur de feu passe comme un éclair,

C'est qu'en voyant ta grâce et ta mine éveillée,
Les lutins qui, la nuit, courent par la feuillée,
T'apprirent la voltige et la danse dans l'air.

Pastorale

A ADRIEN PAPEREUX

Me trouvant sur la route où chaque soir il passe,
Je sentis tout à coup une âcre et forte odeur,
Et je vis un bouc noir de première grandeur
Dont la voix, par moment, sonnait comme une basse.

Des chèvres séparé par un léger espace,
Il marchait fièrement dans sa grave impudeur,
L'œil obscène, orgueilleux d'une lubrique ardeur
Qu'aucun autre animal n'égale ou ne surpasse.

Près de moi défilait le bataillon cornu,
Quand le petit berger, qui m'avait reconnu,
Voulant me faire honneur, mit sa musette aux lèvres

Un air doux et naïf sortit de l'instrument
En notes qui mêlaient très-amoureusement
Au *creux* mâle du bouc le *soprano* des chèvres.

Les Compagnons du Devoir

Attablés en plein air, trois beaux et francs lurons,
Longue canne à la main, anneaux d'or aux oreilles,
Boivent à larges coups, sous l'ombrage des treilles,
Un vin clair, pétillant dans les gobelets ronds.

La servante, jolie et portant courts jupons,
Leur rit à belles dents comme font ses pareilles,
Répond aux mots grivois, et, mieux que les bouteilles,
Sa gaîté jeune et franche illumine les fronts.

« Trinque avec nous, dit l'un, et parlons mariage ;
« Si tu veux me jurer avoir su rester sage,
« Je t'épouse ! » — « Allons donc ! fit le plus vieux des trois !

« Filles de cabaret sont fruits des grandes routes :
« Peut y mordre qui veut ; mais consultez-les toutes,
« Chacune a le trésor qu'on ne perd qu'une fois. »

L'Hospitalité

A VICTOR MICHAL

Perdu dans un ravin estompé par la brume,
Je cherche mon chemin. C'est l'hiver, et la nuit
S'avance ; triste et seul je marche : un léger bruit,
Suivi d'un aboiement, m'arrive ; un feu s'allume.

A l'espoir de dîner mon esprit s'accoutume,
Car un toit m'apparaît ; le hasard m'a conduit
Chez le garde ; je frappe, on m'ouvre le réduit ;
J'ai faim, la table est mise et la soupière fume.

Quel plaisir, en janvier, lorsque flambe le houx
D'avoir le couvert mis ! Bientôt, sur mes genoux,
Deux enfants, frais et blonds, presque de même taille,

Grimpent pour m'embrasser, se pendent à mon cou,
Mais leur mère intervient, disant : « Allons, marmaille,
Au lit ! » — L'heure huit fois sonne au chant du coucou.

Le Bourreau des Cœurs

Trapu, brun, musculeux, il suit une charrette
Que traînent, accouplés, deux chevaux percherons,
N'ayant pas leurs pareils dans tous les environs
Pour enlever un poids sans recul ni retraite.

La route est montueuse, et, pour gagner la crète
Du coteau, l'attelage allonge ses flancs ronds
Sous les grands coups de fouet et les rauques jurons
Du rustre furieux quand un cahot l'arrête.

Cet homme est une brute, et pourtant chaque soir
Une blonde amoureuse accourt et vient s'asseoir
Sur une pierre au seuil de la ferme voisine ;

Et le fouet, les jurons, la lanterne qui luit
A ce cœur de vingt ans sont plus doux dans la nuit
Qu'un chant d'Almaviva pour le cœur de Rosine.

En Juin

Fatigué de la ville où l'homme s'emprisonne,
J'ai besoin du grand air soufflant sur les hauteurs,
Où passe la chanson naïve des pasteurs
Mêlée aux bruits errants de la trompe qui sonne.

Je veux marcher longtemps, sans rencontrer personne,
Par les sentiers chargés de viriles senteurs,
Jusqu'au bois où les bœufs, sans joug, sans conducteurs,
Ruminent l'œil mi-clos dans l'herbe qui foisonne.

Et, comme il faut songer au dîner de ce soir,
J'emporte dans mon sac un reste de pain noir.
Là-haut, avec mon chien qui m'aime en brave bête,

Nous nous partagerons ce modeste repas :
Je sais que cet ami, fidèle autant qu'honnête,
Pour un meilleur morceau ne me quittera pas.

Le Coq

Crête rouge, œil brillant, plumage vernissé,
L'éperon haut, le corps droit et l'air militaire,
Il posait, fredonnait; puis, sur ses pieds dressé,
Le ténor du matin lançait sa note claire.

Vingt poules l'entouraient, cherchant à lui complaire;
Lui, dédaigneux et fier comme un sultan blasé,
N'avait pour ces beautés que rigueur et colère,
Même frappait du bec son sérail empressé.

Les pauvrettes souffraient; mais sans se plaindre. En somme
Toutes en raffolaient; il était si bel homme,
Sous son riche uniforme aux tons verts mêlés d'or!

Ainsi l'on voit, dit-on, mainte dame du monde
Supporter gros jurons et bruyante faconde
Pour l'amour d'un cent-garde ou d'un tambour-major.

Le Village de Peyreleau

Le peintre, le touriste et le soldat en marche
Y font halte, ravis, à cause d'un vieux pont
Dont l'écho chevrotant à toute voix répond
Avec la gravité d'un ancien patriarche.

Du matin jusqu'au soir, sous l'unique et grande arche
Les laveuses de linge au franc rire, au bras rond,
Font jaillir le flot clair sous le coup ferme et prompt
Du battoir qui se lève et frappe sur la marche.

Le colosse de pierre a sur ses membres lourds
Un superbe manteau de mousses de velours
Brodé pendant l'hiver de franges argentées.

Il aime, cet aïeul, les visages contents
Des filles du pays sous sa voûte abritées,
Et veut rester debout pour les voir plus longtemps.

L'Aïeule

A PAUL ARÈNE

La chaumière est paisible. Un noyer la protége
Contre les vents du Nord et les feux de l'été.
Dès que le jour paraît, sur un rustique siége
L'aïeule vient s'asseoir, sa quenouille au côté.

Les poules, les poussins errant en liberté
Lui tiennent compagnie; aussi le temps s'abrége
Sans que son front ridé sous ses cheveux de neige,
Ait éprouvé l'ennui, fruit de l'oisiveté.

Si vous lui demandiez : « Mère, êtes-vous contente ? »
Elle vous sourirait, car nul bien ne la tente.
Quel trésor, en effet, pourrait-on lui donner ?

Les champs sont devant elle, et le soleil superbe,
Ce Dieu des paysans, fait scintiller la gerbe
Que les fils de ses fils viennent de moissonner.

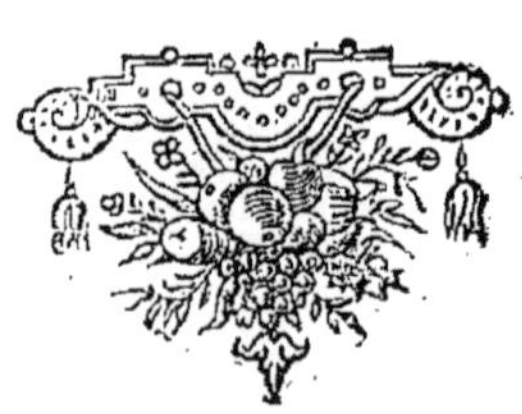

L'Été au Village

Dimanche, on a dansé ; mais aujourd'hui, lundi,
Tout le monde est aux champs, excepté les aïeules,
Pauvres vieilles qu'on laisse au logis toujours seules
La main sur leur bâton et le corps engourdi.

Pas un bruit, si ce n'est, par les échos grandi,
Le lointain aboiement des chiens à fortes gueules,
Ou le cri des moineaux pillant le grain des meules
Dont la gerbe étincelle aux rayons de midi.

Dans l'église aux murs nus, la bonne sainte Vierge
Avec l'enfant Jésus dorment près d'un grand cierge.
Sur l'autel, dans un pot de grès aux larges flancs,

Lys et coquelicots, offrande des fidèles,
Penchent avec ennui leurs longues tiges frêles,
Leurs pétales de pourpre et leurs calices blancs.

Les Scieurs de Long

Ils sont groupés étrangement :
Deux accouplés, les pieds à terre ;
Le troisième, en haut, solitaire,
Leur imprime le mouvement.

La scie au triste grincement
Que nul bruit au loin ne faire taire
Trace sa ligne volontaire
Dans le bois fendu lentement.

Toujours, vers la fin de l'automne,
Je vois ce trio monotone
Profilé sur un ciel de plomb.

Adieu, beaux jours, la feuille tombe :
Il va faire froid dans la tombe...
Bon courage, scieurs de long !

Le Temple

L'orateur est en chaire et prêche mi-patois,
Mi-français. Sa voix bègue et traînante débite
Le récit d'un miracle à charmer un spirite :
La vierge apparaissant à deux bergers, je crois.

La fatigue et l'ennui me gagnent à la fois ;
Aussi, sans discuter l'Eglise et son mérite,
Je sors, pour écouter au soleil qui m'invite
Les psaumes des oiseaux et les orgues des bois :

Dieu me paraît plus grand sous la voûte azurée
Où brille son regard. La chapelle est parée
Des guirlandes de l'arbre et des fleurs du sentier ;

Pour encens, le parfum des sauges et des menthes ;
Et, penché sur les bords du lac aux eaux dormantes,
    vois le ciel au fond de ce grand bénitier.

Riants Projets

Sous un porche, où jamais le soleil ne pénètre,
L'effrayant cabaret qu'eût illustré Callot
Dans l'ombre chaque soir allume son falot
Dont la flamme tremblotte à l'unique fenêtre.

Là, tous les chenapans peuvent se reconnaître,
S'enivrer d'alcool et tramer un complot ;
Quelquefois on s'y bat et le sang coule à flot,
Mais le drame est fini quand le jour vient de naître.

Deux époux dans cet antre ont leur contentement,
Car, sûrs de leurs profits, ils songent au moment
Où, rentiers, ils pourront acheter une terre,

Vivre avec les oiseaux et les fleurs du printemps ;
Et, quand leur fille unique aura ses dix-huit ans,
Lui trouver pour mari quelque grave notaire.

Au Fond du Parc

A Mlle ALICE C....

La dame du château vient d'ouvrir la volière,
Et soudain mille oiseaux, volant en liberté,
Se pressent tout joyeux vers la jeune beauté
Pour manger le grain d'or dans sa main familière.

Un chanteur ambulant, guitare en bandoulière,
Plume au chapeau, vêtu de velours, bien planté,
Suit la longue avenue et vient de ce côté.
Il se campe, pareil au Don Juan de Molière,

Prend l'instrument, l'accorde et chante. Ses accents
Tour à tour attendris, graves ou caressants,
Troublent la jeune femme ; elle écoute, ravie,

La romance qui dit : « Oiseaux, envolez-vous,
« Les ailes de l'amour ont un duvet plus doux :
« Vous êtes le printemps, il est plus que la vie. »

La Coupe et les Lèvres

Je possède une amphore en verre de Venise,
Au col mince, au flanc large, au fier et pur contour.
Je l'ai mise à côté d'un pastel de Latour,
Portrait aux dents de perle, aux lèvres de cerise.

Cette coupe où je bois une liqueur exquise,
Ce portrait souriant me donnent tour-à-tour
L'ivresse des festins et celle de l'amour ;
Mais le tableau vieillit et la liqueur s'épuise.

Je dois renouveler dans le cristal profond
Le liquide rubis qui brille encore au fond,
Restaurer avec soin l'image qui s'altère.

La vie est ainsi faite : il ne faut pas songer
A fixer le plaisir, rapide passager ;
C'est un fils de l'Eden entrevu sur la terre.

Tristesse en Avril

Quand l'hirondelle familière
Venait, en la douce saison,
Nicher au toit de la maison
Où grimpent le pampre et le lierre,

Une fillette hospitalière
Battait des mains à sa chanson.
L'enfant n'est plus : Sous le gazon
Elle dort, la fraîche écolière.

L'oiseau, revenu ce matin,
Au lieu de l'accueil enfantin
Entend une femme qui pleure.

Berceau désert, nid dévasté,
C'est le lot de l'humanité.
Le bonheur ne dure qu'une heure.

La Chère Morte

L'an dernier, la mort, comme un traître,
Vint frapper, sans me prévenir,
A sa porte, et je vis venir
Un fossoyeur suivi d'un prêtre.

D'un passé qui ne peut renaître
Je pleure le cher souvenir,
Et l'horreur d'un sombre avenir
En entier obsède mon être.

Dans les bals et dans les festins,
Où fleurs, diamants et satins
Reflètent l'éclat des lumières,

Mes maux, devenus plus cuisants,
Me font songer aux vers luisants
Sur les fosses des cimetières.

CINQUIÈME SÉRIE

8.

Don Quichotte

Esprit fait d'idéal et de songes sublimes,
Tu n'entendis jamais dans le monde grossier
Les rires de la foule, et ton maigre coursier
T'emporta nuit et jour sur le bord des abîmes.

Chevalier chaste et pur, l'œil tourné vers les cimes,
La lance au poing, le corps dans l'armure d'acier,
Tu marchas en plein rêve, et te crus justicier
En confondant souvent coupables et victimes.

Qu'importe ton erreur, pauvre fou surhumain
Qui voyais une étoile au bout de ton chemin
Et suivais sa lueur sans regarder la terre !

Dans le ciel des héros prodigues de leur sang,
Où, spectre rayonnant, vit ta grande âme austère,
A la droite du Cid tu tiens le premier rang.

Départ de Saltimbanques

A ALEXANDRE DUCROS

Piteux et grelotants sous l'air froid du matin,
Les pauvres baladins, enfants de l'aventure,
S'entassent pêle-mêle au fond de leur voiture,
Dès que l'aube apparaît dans un rose lointain.

La mule, secouant son collier argentin,
Emporte à travers champs pitre à maigre stature,
Sauvage à l'éventail de plumes pour ceinture,
Et danseuses de corde en jupe de satin.

Ces gueux, bariolés, dorés à faire envie,
Traduisent à mes yeux la farce de la vie :
Paillettes et clinquant, voilà leur royauté :

A peine descendus de leur tréteau fragile,
Chacun redevient homme, un esclave d'argile
Livrant aux coups du sort sa triste nudité.

Les Gitanos

J'ai vu des gueux au teint de bistre
Accroupis sous l'arche d'un pont
Meurtre et rapine sur leur front
Ont laissé la marque sinistre.

Si Belzébuth est leur ministre,
Et si, content de ce qu'ils font,
L'enfer dans son gouffre sans fond
L'inscrit ou non sur son registre,

Nul ne le sait. Pourtant, la nuit,
Une flamme toujours les suit
Et les guide dans les ténèbres.

Où vont-ils ?... Quand sur les sommets
Blanchit l'aube, a-t-on su jamais
Où vont les cauchemars funèbres.

Aux Apôtres de l'Art Caduc

Nous en avons assez, de vos sujets romains.
Pour que le beau rayonne, est-il bien nécessaire
De peindre ou de sculpter l'aveugle Bélisaire,
Implorant les passants, un casque entre les mains ?

Comme les nations, l'art a ses lendemains.
Pourquoi du temps présent se montrer l'adversaire ?
Ce siècle n'a-t-il pas ses héros de misère,
Ses soldats méconnus, ses maîtres inhumains !

Le peintre et le sculpteur que le génie enflamme
Ne cherchent pas si loin ; ils trouvent dans leur âme
Un modèle tout prêt à poser devant eux.

Mais quel que soit, d'ailleurs, le mot dont on la nomme
L'œuvre doit avant tout représenter un homme,
Et non le mannequin d'un Institut goutteux.

Génie et Talent

Le génie est un aigle à l'aile indépendante
Dont le vol radieux, superbe, illimité,
Monte, monte toujours vers la pure clarté,
A travers les éclairs et la foudre grondante.

Les astres, les soleils, sous sa prunelle ardente
S'illuminant au fond de leur immensité,
Lui montrent le chemin de l'immortalité.
De là ces fiers esprits : Moïse, Eschyle ou Dante.

Le talent n'est souvent qu'un moineau babillard
Craignant le feu du ciel, l'orage et le brouillard ;
Le souffle des hauteurs le fatigue et le roule.

Tels sont les chansonniers de l'amour et du vin.
Aimons-les : S'ils n'ont pas le langage divin,
Ils ont l'éclat de rire, et chantent pour la foule.

A l'Ombre de Pierre Corneille

Pour faire dans tes vers au relief de médaille
Revivre des héros, quel secret du métier
Te dicta des accents assez beaux pour leur taille,
Si ce n'est ta grande âme et ton génie altier?

Rodrigue, ruisselant du sang de la bataille,
Polyeucte, aux tourments se vouant tout entier,
Ont des cris généreux dont la foule tressaille;
Mais, hélas! tu mourus sans laisser d'héritier.

De nos jours l'idéal fait place au réalisme;
« Pourquoi tant de fierté, de vertu, d'héroïsme? »
Disent les esprits froids, « cela n'est pas humain. »

Comme si l'art n'avait pour but, glorieux maître,
De sculpter — ainsi fit ta noble et forte main. —
Non, l'homme tel qu'il est, mais tel qu'il devrait être.

A Madame M. de. . . .

Vous avez des regards pleins de coquetterie
Pour les sots qui vous font de grossiers compliments :
Puis, vous fixez sur moi vos yeux, toujours charmants,
Pour m'attirer encor. Cessez, je vous en prie.

Lorsque vous me disiez d'une voix attendrie :
« Je fermerai ma porte à ces fades amants,
« Dont vous prenez souci, » moi qui jamais ne mens
Pouvais-je soupçonner pareille tromperie ?

Mais j'ai tort de gronder. Le désir vous a pris
De me rendre jaloux, et, sans m'avoir compris,
D'essayer avec moi le jeu de Célimène.

Vous lui ressemblez fort. Vous avez sa beauté,
Sa grâce, son esprit, et sa vulgarité.
Il faut à mon amour le grand cœur de Chimène.

Au Vin de Champagne

L'enchanteur devant qui fuit la mélancolie
C'est toi, fils du soleil, toi dont le flot mousseux,
Réchauffant l'amour tiède et l'esprit paresseux,
Rend l'esprit plus piquant, la femme plus jolie.

Sans dédaigner les crus d'Espagne et d'Italie,
Anglais, Russe, Germain, égayés par tes feux,
Entendent retentir sous leurs climats brumeux
Les grelots argentins de l'antique folie.

Coule donc et remplis nos coupes de cristal,
Et nous verrons trembler sur son lourd piédestal
L'idole des combats qui menace les astres;

Car le temps doit paraître où les voix et les cœurs,
Unis pour conjurer la guerre et ses désastres,
Donneront aux bons vins la palme des vainqueurs.

Au sortir d'un salon où la galanterie
Entasse, dans l'espoir d'aiguillonner les sens,
Peintures de boudoir et groupes indécents,
J'ai hâte de gagner ma retraite chérie.

Là, sur un socle noir, un lion de Barye,
Les crocs à découvert, les naseaux frémissants,
Tient, malgré son dégoût, sous ses ongles puissants,
Un reptile agitant sa tête avec furie.

Ce bronze, par sa force et sa virilité,
Me dit : « Cherche le beau dans la sévérité,
« Prends le moule d'airain pour y couler ta phrase :

« Et si, sur ton chemin, quelque serpent haineux
« Voulait traîtreusement t'enlacer de ses nœuds,
« A défaut de ton pied, que ton mépris l'écrase. »

L'Extase du Maître Chanteur

L'orgue, longtemps muet dans sa cage de chêne,
S'éveille doucement sous des doigts inspirés ;
Le son, faible d'abord, s'anime par degrés,
Gémit, s'enfle, s'élève et bientôt se déchaîne.

Le vieux maître, exalté par la muse sereine,
Croit entendre la voix des êtres adorés,
Fantômes disparus et longuement pleurés
Depuis qu'ils ont quitté ce monde où tout est peine.

Voyez comme ses yeux fixes, baignés de pleurs,
Expriment l'espérance et la fin des douleurs,
Pendant que l'harmonie ouvre ses larges ailes.

C'est que les mots humains sont faibles pour noter
Les cris d'une âme en deuil : elle aspire à chanter,
Pour s'unir au concert des harpes immortelles.

Le Statuaire

A PAUL CABET

Bien avant dans la nuit, le noble statuaire
Brûlé par l'idéal, cette flamme du beau,
Le front dans ses deux mains, assis sur l'escabeau,
Veille, tandis que l'ombre emplit le sanctuaire.

Du bloc de marbre pâle et froid comme un suaire
Vont sortir, de l'art grec tenant le pur flambeau,
La Vénus-Astarté, l'Hercule belluaire,
Ou l'ange des douleurs pleurant sur un tombeau.

L'artiste, l'œil chargé de fièvre et d'insomnie,
Voit les créations, filles de son génie,
Vivre, marcher, sourire et tendre leurs bras blancs.

Mères, vous éprouvez sa joie et sa souffrance
Quand vous sentez, avec des larmes d'espérance,
Le fruit de votre amour tressaillir dans vos flancs.

A la Sœur Gabrielle

Le cloître s'est ouvert, et pour chercher l'oubli
Vous avez d'un œil sec franchi la sombre porte,
Avec les souvenirs qui vous faisaient escorte;
Maintenant vous croyez l'amour enseveli.

Erreur! l'amour en vous est à peine affaibli;
Demain la passion peut renaître plus forte,
Malgré vos cheveux ras comme ceux d'une morte
Et le voile baissé sur votre front pâli.

Deux beaux diamants noirs à travers vos paupières
Brillent d'un feu mondain; veilles, jeûnes, prières
Lutteront vainement : l'amour sera vainqueur;

Car Dieu n'accepte pas ce coupable sophisme
Qu'on va tout droit au ciel en étouffant son cœur.
L'ange, gardien du seuil, en bannit l'égoïsme.

L'*Atlante*

Le balcon féodal, morceau d'architecture
A moitié ruiné, reste encor soutenu
Par un esclave noir, colosse demi-nu,
Faisant saillir les nœuds de sa musculature.

En voyant son front bas et sa morne posture
Nés du ciseau viril d'un Puget inconnu,
J'ai plaint l'homme de pierre, et me suis souvenu
Du temps où la noblesse opprimait la roture.

Mais l'art plane au-dessus des changements humains.
Ce qui naît dans sa tête ou qui sort de ses mains,
Dominant les partis, les progrès, les réformes,

Est le signe certain de sa divinité ;
Aussi je ne vois plus dans ce géant voûté
Que le grand caractère et la splendeur des formes.

Un Engagement

Le flambeau qui conduit tous mes pas dans la vie
N'est point ce feu follet qu'on nomme : Vanité ;
C'est l'étoile des forts ; son nom est : Dignité.
Qui la suit marche droit et jamais ne dévie.

Tout homme inaccessible aux tourments de l'envie
Accepte du devoir la mâle austérité ;
Il n'échangerait pas contre sa pauvreté
Des faveurs qui tiendraient sa parole asservie.

« C'est de l'Alceste pur » me dit un complaisant.
« Il faut flatter les grands tout en les méprisant.
« Le succès est le but ; triple sot qui s'en prive.

« Pour être bien en cour j'ai fait comme cela. »
Je lui réponds ici : « Jamais, quoi qu'il arrive,
« Je n'aurai d'appétit pour manger ce pain-là. »

Les Cloches

Le clocher du couvent des sœurs bénédictines,
Edifice ogival dont mon œil est séduit,
Renferme un carillon qui, le jour et la nuit,
Sonne pour l'*Angelus*, *Vêpres* ou les *Matines*.

Lorsque l'essaim joyeux des notes argentines
Palpite et monte au ciel, chacun, à ce doux bruit,
Dans la riche demeure ou dans l'humble réduit,
Récite, en se signant, les oraisons latines.

Le bourdon endormi garde son râle affreux
Pour les grands jours d'alarme. Ainsi mes chants heureux
Ont pour tous des accents d'amour et de tendresse.

Mais que le cri d'un peuple égorgé par un roi
M'arrive, alors j'entends une voix vengeresse
Retentir dans mon cœur, sombre comme un beffroi.

A l'Auteur du Groupe : Le Départ

(ARC - DE - L'ÉTOILE)

Rude — quel nom choisi pour tailler dans la pierre,
Le granit ou le marbre, un groupe de titans !
Ton *Départ* fait frémir, car ces grands combattants
Marchent contre l'Europe en lui criant : « Arrière ! »

Il n'est mont ni rempart, précipice ou rivière
Qui les puisse arrêter ; ils vont, drapeaux flottants,
Humant la poudre, au bruit des clairons éclatants
Qui font des fiers chevaux se dresser la crinière.

Au-dessus de leur tête, en un vol irrité,
S'élance, glaive au poing, la fille Liberté,
Sein gonflé, cuisse nue, indomptable et farouche.

Un souffle d'ouragan semble la diriger,
Et, dans les chants de mort qui sortent de sa bouche,
On entend sangloter la patrie en danger.

Impressions Poétiques

En un parc dessiné dans le goût de Versailles,
Je songe aux vers corrects du classique Boileau.
Les prés fleuris, les frais ruisseaux, le chant des cailles
Me rappellent Ronsard, Baïf, Remi-Belleau.

Mais sur les rocs chenus aux profondes entailles,
Où la rafale tord le cèdre et le bouleau,
Le nom d'Hugo, pareil au clairon des batailles,
Sonne dans les éclairs et le fracas de l'eau.

Hier, j'étais monté sur un pic ; la tempête
Semblait mêler aux vents les strophes du poète
Fermes comme la pierre, âpres comme l'autan :

Soudain, les noirs esprits rentrèrent dans l'abîme,
Car le soleil parut, et je crus voir, sublime,
Le grand bouclier d'or au poignet du Titan.

Le Berceau

Mère, le nourrisson dort dans sa chaude couche
Que baigne chastement un rayon de soleil.
Il faut à petits pas, sans troubler son sommeil,
T'approcher, car le rêve aisément s'effarouche.

Le bruit de la pendule ou le vol d'une mouche
T'ont fait craindre souvent un pénible réveil ;
Laisse dans le berceau dormir l'enfant vermeil ;
Regarde, et qu'un baiser n'effleure pas sa bouche.

Bien des jours, bien des nuits, ton amour veillera
Près de lui ; sous tes yeux charmés il grandira
Ce trésor de ton cœur, ce fruit de tes entrailles ;

Tu verras l'avenir pour lui riant et beau.
Mensonge !... Dans vingt ans les faiseurs de batailles
Coucheront cet enfant dans un sanglant tombeau.

Le Moïse de Michel-Ange

Que de fois j'ai rêvé devant ce marbre auguste
Si terrible et si beau dans sa sévérité !
Jamais regard plus sombre et front plus irrité
N'ont paru sur un corps plus haut et plus robuste.

Sa barbe comme un flot, ruisselant sur son buste,
Complète ce visage empreint de majesté ;
C'est bien là le prophète, en qui s'est reflété
Le grand Dieu d'Israël inflexible, mais juste.

Michel-Ange, ton cœur a-t-il guidé ta main
Quand tu taillas devant le pontife romain
Ce bloc où la terreur a dominé la grâce ?

Oui, dans ton œuvre altière apparaît un devoir ;
Car Moïse, avec toi, semble indigné de voir
Les féroces chrétiens persécuter sa race.

Le Lac des Cîmes

Ce tranquille miroir, où semble reproduit
Le grand dôme d'azur élevé sur la terre,
Reflète dans son eau dormante et solitaire
Le soleil qui rayonne et l'étoile qui luit.

Un sentier rocailleux et dur seul y conduit ;
Mais le marcheur solide, ardent et volontaire,
Sûr de trouver là-haut l'onde qui désaltère,
Prend cet âpre chemin et bravement le suit.

Tel est l'homme aspirant au beau, cette autre cîme ;
Son esprit, soutenu par la foi qui l'anime,
Monte, monte toujours, sachant qu'il trouvera,

Pour la soif d'idéal dont son âme est brûlée,
La source poétique où l'art resplendira
Comme dans un lac pur la voûte constellée.

SIXIÈME SÉRIE

Mon Parnasse

Ceux qui n'ont pas de goût pour ma sévère muse
Et veulent qu'un poëte aborde sans façon
Le sujet érotique et le trait polisson,
Doivent chercher ailleurs l'homme qui les amuse.

Souvent dans mes sonnets j'applaudis ou j'accuse,
Sans chercher à savoir si ma franche leçon
Plaît moins qu'une égrillarde ou sceptique chanson;
Mais à de tels sujets ma plume se refuse.

J'écris pour mes pareils, pour la minorité
Qui, respectant son art, a placé la beauté
Dans les grands sentiments et les fières paroles.

Mon Parnasse n'a pas la fraîcheur d'un bosquet;
Il faut gravir les rocs pour cueillir un bouquet
Qu'un amant du joli traitera d'herbes folles.

Apparition

Un jour, mon rêve politique
Prenant forme et réalité,
Je vis, dans l'ombre d'un portique,
Une fière et douce beauté.

« Ton nom, vierge au profil antique,
« A l'œil bleu comme un ciel d'été ? »
Lui dis-je. Sa voix sympathique
Me répondit : « La Liberté. »

« Mais pourquoi te cacher, déesse ?
« Les hommes t'invoquent sans cesse,
« Reviens au grand soleil. » — « Oh non !

« Je fuis les populaces viles ;
« Car le crime a fait de mon nom
« Un appel aux guerres civiles. »

Les Nérons

A EUGÈNE MONTET

J'ai le cœur plein d'amour pour toutes les misères,
C'est que sous la douleur tout mon être a saigné ;
Mais ne me croyez pas soumis et résigné,
Car je hais les tyrans autant que les vipères.

Je voudrais pénétrer jusque dans leurs repaires,
Et, les marquant au front de mon vers indigné,
Stigmatiser ces rois qui n'ont rien épargné,
Ni les cris des enfants ni les sanglots des pères.

Devant l'impunité de ces grands malfaiteurs,
Qui des troupeaux humains s'intitulent pasteurs,
Et marchent dans l'histoire escortés de leurs crimes,

Je demande au Seigneur : « Pourquoi tant de forfaits? »
Et Jésus me répond : « Les bourreaux furent faits
Pour montrer aux méchants la douceur des victimes. »

L'Aube

Un rayon pâle et doux entre dans mon alcôve.
Levons-nous sans tarder. Salut au jour nouveau !
Les esprits familiers qui hantent mon cerveau
S'envolent vers le thym, le lychnis et la mauve.

La vapeur matinale errant sur le mont chauve
Débrouille lentement son léger écheveau ;
Tout reprend sa couleur, sa forme et son niveau :
Le lac bleu, le pré vert, le roc noir, le bois fauve.

O nuit, dans tes écrins rentre tes diamants ;
Scelle un dernier baiser aux lèvres des amants,
Et fuis. Nous avons peur de ton grave mystère ;

Aussi nous adorons la nature au réveil,
Car le meurtre, le vol, l'orgie et l'adultère,
Tes enfants, n'oseraient se montrer au soleil.

L'Épreuve.

Le jour naît. A travers la brume
Couvrant le ciel d'un froid manteau,
Voyez la forge qui s'allume
Et rougit les flancs du coteau.

Bientôt dans l'atelier qui fume
Vont sonner les bruits du marteau,
Du soufflet, du feu, de l'enclume,
Des tenailles et de l'étau.

Quand le fer, soc, outil ou rampe,
Mis dans l'eau froide, aura la trempe
Qui durcit le métal forgé,

Il sera le symbole austère
D'un solide et fier caractère
Que le sort n'a pas ménagé.

Le Torrent

Un cirque de rochers noircis par les hivers,
Marqués de coups de foudre et de rouges entailles,
S'ouvre, et laisse passer, souffletant les murailles,
Le liquide géant qui se rue au travers.

Il se tord, il écume, et ses membres couverts
D'arbres déracinés, d'herbes et de broussailles
Semblent vouloir fouiller jusqu'au fond des entrailles
Le ravin monstrueux où roulent ses flots verts.

Les ans passent sur lui sans que sa plainte immense
S'apaise. Chaque jour, terrible, il recommence
A bondir, à mugir sur les blocs effondrés.

Qui dira le secret de sa douleur profonde ?
Mystère ! Mais mon cœur où l'humanité gronde
Aime la sombre voix des grands désespérés,

L'Homme Divin

A ARMAND SYLVESTRE

J'ai fait de l'Évangile une étude sévère.
Ce livre, qui par Dieu, nous dit-on, fut écrit,
Le bigot en a peur, le savant le révère,
Le philosophe seul en pénètre l'esprit.

Le dogme a beau vieillir, du haut de son calvaire,
Depuis mille ans et plus, la croix de Jésus-Christ,
Comme un phare céleste où le feu persévère,
Rayonne incessamment sur la foi qui périt.

L'Église, seul appui des âmes en tutelle,
Exploite à son profit la lueur immortelle
Vers le port du salut guidant l'humanité.

Moi, devant les martyrs des bûchers, des potences,
Je dis en admirant leurs saintes résistances :
Tous les christs, blancs ou noirs, ont leur divinité.

Le *Miroir Symbolique*

Pour étancher ma soif, je descends de cheval ;
Là, dans un coin perdu de la fraîche vallée,
Un bois s'offre à mes yeux ; je prends l'étroite allée
Où, dans un cadre vert, brille un flot de cristal.

La source est délaissée ; un mystère fatal
L'enveloppe, et l'on croit qu'elle est ensorcelée,
Car une femme, nue et tresse déroulée,
En sort dès que la lune allume son fanal.

Soudain, un bruit léger comme un battement d'aile
M'arrive et dit : « Je suis un miroir trop fidèle,
« Voilà tout le secret de mon isolement ;

« La vérité se tient au fond de mes eaux claires
« Et je reflète, sourde aux humaines colères,
« Le vol de la chouette et l'or du firmament. »

Le Travail

La nature nous parle et nous dit : « Travaillons ! »
Voyez dès le matin les bœufs au labourage
Fumants, graves, pensifs, robustes à l'ouvrage,
Sur les champs remués tracer droit leurs sillons.

Tout près d'eux accourus, de petits oisillons
Gracieux et légers forment un entourage
Au bétail accouplé qui lutte avec courage
Sous les cris des bouviers et les coups d'aiguillons.

Tout labeur a son prix, et l'homme sur la terre
Doit être du travail esclave volontaire ;
Car Dieu mit, à côté des efforts d'ici-bas,

Sur le champ du devoir, les riantes pensées,
Oiseaux mystérieux accompagnant nos pas
Jusqu'à la mort, oubli des fatigues passées.

Les Rochers

Ils sont taillés à pic, et leur sévérité
Fait naître dans l'esprit une pensée austère ;
Souvent je les visite, en rêveur solitaire
Qui voit mieux l'idéal loin de l'humanité.

Devant leur altitude et leur rigidité,
La folle ambition des trésors de la terre
Dont nous portons au cœur la soif héréditaire
Fait place au sentinement de notre pauvreté.

Cette masse pourtant n'est rien qu'un grain de sable
Dans l'immense univers, où l'homme périssable
Ignorant et borné croit le ciel un plafond

Plein de globes de feu, scintillant sur sa tête
Pareils aux lustres d'or dans un salon de fête,
Quand chaque astre est un monde et l'espace sans fond.

La Chauve-Souris

Je regardais de ma fenêtre, un soir d'été,
Le ciel d'un bleu profond parsemé d'étincelles,
Et mes yeux, éblouis de leur pure clarté,
Oubliaient notre monde en s'élevant vers elles.

Quand, tout-à-coup, troublant l'éclat diamanté
Des joyaux qu'en ton sein, douce nuit, tu recèles,
Un oiseau noir au vol oblique et tourmenté
Offusqua mon regard de ses lugubres ailes.

J'aurais voulu chasser l'ombre qui me blessait,
Mais l'oiseau ténébreux passait et repassait,
Comme pour me cacher la splendeur des étoiles.

Dans le monde moral où l'éternité luit,
Ainsi l'esprit du mal qui nous guette et nous suit
Entre notre âme et Dieu jette ses sombres voiles.

Le Semeur

Quelques légers flocons de duvet et de laine
Dans le ciel doux et bleu d'un automne clément
Errent avec lenteur. Regardez dans la plaine
Le semeur avancer silencieusement.

Marchant à pas rhythmés, il ouvre sa main pleine
Avec la majesté d'un prêtre, et le froment,
Que la brise du soir pousse de son haleine,
Touche la terre avec un sourd bruissement.

Aux sillons va dormir la semence féconde;
Mais, vienne le soleil, la moisson riche et blonde
Sortira, pur trésor, des germes assoupis.

Poètes, songez-y; pour nourrir l'âme humaine,
Le grain que vous jetez dans l'idéal domaine
L'avenir le transforme en des gerbes d'épis.

Le Chêne

A M. CHARLES COUSIN

L'arbre géant se plaît loin des murs citadins
Sur les rocs où le vent du Nord souffle avec force.
Sa verte chevelure et sa rugueuse écorce
Languiraient au zéphyr des paisibles jardins.

Quand, le front dans les cieux, les pieds sur les gradins,
Il présente à l'abîme un large et rude torse,
Il ne regrette rien, car il a fait divorce
Avec la fange humaine et les plaisirs mondains.

Que l'orage l'attaque et passe sur sa tête
En jetant soufre et feu, l'éclair de la tempête
Ne fait qu'illuminer l'inflexible lutteur.

La foudre peut l'abattre; il l'attend sans faiblesse.
Ainsi l'homme au grand cœur rêve cette noblesse
D'être, s'il est vaincu, frappé sur la hauteur.

Le Nuage

Un léger flocon blanc, de rose nuancé
Par l'aurore qui naît et sourit à la plaine,
Se tient au bas du ciel ; aucune froide haleine}
Ne trouble son repos, car l'orage est passé.

Il regarde briller, de verdure enlacé,
Le grand lac qui, d'en haut, semble une vasque pleine,
Où les bœufs, les chevaux et les bêtes à laine
Vont boire, dès le jour, le flot pur et glacé.

Comparant le tableau de cette calme vie
A son destin nomade, il se sent pris d'envie
De rester immobile au-dessus du vallon.

Vain désir, car soudain il repart dans l'espace
Sur l'aile du perfide et brutal aquilon...
Notre sort est pareil au nuage qui passe.

Le Cheval

Traînant un chariot, il fait de vains efforts
Pour assurer ses pieds sur le pavé qui glisse,
Tombe, reprend, retombe, et, malgré ce supplice,
Le charretier brutal le frappe sans remords.

Chancelant sous le fouet qui lui meurtrit le corps —
Quand du fardeau trop lourd l'homme se fait complice —
Cette tâche cruelle, il faut qu'il l'accomplisse ;
De quoi se plaindrait-il ? ses pareils y sont morts.

Ainsi, lorsque le sort sans pitié nous accable,
A ce pauvre cheval qui de nous n'est semblable ?
Bien peu sous la douleur peuvent rester debout.

L'un, dès les premiers coups, baisse la tête et pleure ;
L'autre demande au ciel le trépas avant l'heure ;
L'homme fier ne dit rien, et lutte jusqu'au bout.

Les Bûcherons

A LÉOPOLD BOUVAT

Dans l'épaisse forêt, orgueil des environs,
Des hommes aux bras nus sont entrés dès l'aurore.
Déjà, parmi les bruits courant dans l'air sonore,
On distingue les coups pressés des bûcherons.

Ils frappent — et demain nous les approuverons —
L'arbre découronné que la lèpre dévore,
Non les chênes touffus qui grandissent encore
Et dressent vers le ciel leur intrépides fronts.

Ainsi vous qui marchez dans la forêt humaine,
Avant que le soleil de l'esprit ne promène
Sur la foule qui dort ses rayons éclatants,

Bûcherons du progrès, abattez sans relâche,
Comme l'arbre pourri qui tombe sous la hache,
Les honteux préjugés condamnés par le temps.

Le Sphinx

A MARIO PROTH

La vie a deux chemins. Il faut peu de courage
Pour suivre le premier; car son terrain poli,
Calme, plat, sans cailloux, ne fait pas un seul pli
Et conduit doucement vers un gras pâturage,

L'autre, dur, montueux, crevassé par l'orage,
Dominant un abîme, est sinistre et rempli
De dangers incessants dont tout sage a pâli,
Mais dangers séduisants pour les fous qu'on outrage,

Là-haut, le sphinx attend dans l'immobilité
Les grands audacieux. Peu d'hommes ont tenté
D'aller parler au monstre épiant leur approche,

Tandis que le troupeau broute l'herbe des prés,
Ceignons nos reins, montons les effrayants degrés
Pour répondre au tyran accroupi sur sa roche,

Un Précurseur

Il est beau de tracer sur la terre où l'on passe
Une route nouvelle, et, poète ou savant,
D'y conduire la foule en criant : « En avant ! »
L'œil fixé sur un but que le rêve dépasse.

Un légitime orgueil resplendit sur la face
Du hardi pionnier ; mais hélas ! bien souvent
Son œuvre, qui naissait comme un soleil levant,
Sous les noirs préjugés s'obscurcit et s'efface.

On le traite de fou, quelquefois d'imposteur.
Lui, ferme dans sa foi, mesure la hauteur
Des sommets rayonnants où s'élève son temple.

Et, grandi par la lutte et par l'adversité,
Ce martyr donne au monde un magnifique exemple :
Le sourire divin du génie insulté.

La Nuit

A JOSEPH MONTET

Quel silence profond ! nul bruit dans la demeure,
Nulle voix dans les champs, nul flambeau dans les cieux.
C'est l'instant où l'esprit pensif et soucieux
Entend le souvenir qui regrette et qui pleure.

L'horloge lentement laisse tinter une heure :
C'est un appel ; livrons avec un soin pieux
Notre âme au tribunal qui la juge le mieux,
La conscience, afin qu'en nous la paix demeure.

L'ombre, en voilant nos fronts où monte la rougeur,
Apaisera la honte et le remords vengeur
Jusqu'à ce que du jour l'aube claire se lève.

Montrez-vous donc à nu, trahisons, lâchetés ;
Et que le repentir sur ces iniquités
Passe, comme un flot d'or sur une impure grève.

La Moisson

A ÉDOUARD MARTY

Dans les rangs des épis couvrant la plaine vaste
Du domaine éternel où vit l'humanité,
Je dois tomber obscur, car j'ai vécu sans faste,
Et je vois le faucheur venir de mon côté.

Couchant le fier pavot avec le bluet chaste
Parmi les tiges d'or et les grains de l'été,
La mort semble montrer dans ce riant contraste
La douce vierge et l'homme en sa virilité.

Le faucheur suit la ligne où la gerbe est tombée.
Encore un tour de bras, encore une enjambée,
Ce sera fait de nous. En serais-tu troublé,

Mon cœur? Sachons finir sans plainte et sans murmure;
Quand le tranchant du fer coupe la moisson mûre,
Heureux est l'humble épi qui meurt chargé de blé.

FIN

Liste des Sonnets

LISTE DES SONNETS

LE SONNET.

PREMIÈRE SÉRIE

La Cathédrale.

Les Cerises.

Clair de Lune.

Les Ruines.

La Haie.

Paysage d'hiver.

Sensitive.

Heure Triste.

La Beauté.

Élégie.

Départ des Hirondelles.

La Forêt.

Décembre.

Le Ménétrier.

A une Femme de trente ans.

A une Jeune Mariée.

Idylle.

Le Cordier.

Une Halte.

La Rime.

DEUXIÈME SÉRIE

Le Verre d'un Parpaillot.

Une Méprise.

Sur un Journaliste dévot.

Au Feu !

Le Casque.

L'Homme Noir.

A Alfred de Musset.

Vagabondage.

Amour et Consigne.

Au vieux Loup du Larzac.

Une Épitaphe.

L'Ane.

Le 21 Décembre.

La Noce de Toinon.

Le Déboisement.

Le Singe.

Un Talleyrand.

La Vieillesse.

Le Condamné à mort.

Le Charlatan.

Paris. — Alcan-Lévy, imp. breveté, 61, rue de Lafayette.